Numéro de Copyright

00071893-1

TIERRA SIN VINO
Octubre 2021

Novela
"Obra en Castellano"

NUEVA EDICIÓN
2021

Autor
José Miguel RODRIGUEZ CALVO

«Para nuestros Angelitos»

TIERRA SIN VINO

Autor
José Miguel RODRIGUEZ CALVO

Esta novela es una ficción.
Cualquier parecido con hechos reales, existiendo o habiendo existido, sería sólo casualidad fortuita y pura.
Reservados todos los derechos. Queda rigurosamente prohibida, sin la autorización escrita de los titulares del copyright, bajo las sanciones establecidas en las leyes, la reproducción parcial o total de esta obra por cualquier medio o procedimiento, incluidos la reprografía y el tratamiento informático, así como la distribución de ejemplares mediante alquiler o préstamo público.

Sinopsis

A principios de los años cuarenta, en "Castilla la Vieja", la humilde y apacible vida lugareña de un pueblecito de la sierra de las "Quilamas" en la provincia de Salamanca.
Y el empeño de "Hipólito", unos de sus súbditos, de proporcionar a "Toribio del Monte", su aldea, de un viñedo propio, siendo este, el único pueblo de la comarca que carecía de él.

© 2021 Jose Miguel Rodriguez Calvo
Édition : BoD - Books on Demand
12/14 rond-point des Champs-Élysées, 75008 Paris
Impression : BoD - Books on Demand, Norderstedt, Allemagne
ISBN: 9782322397747
Dépôt légal : Octobre 2021

Lugar

Pueblo: **"Toribio del Monte"**
modesta aldea que coronaba el "Pico de la sierpe" situado en la sierra de **"Las Quilamas"**.

Provincia de Salamanca.

Castilla la vieja. (España)

Época

Principio de los años cuarenta.

Personajes

Hipólito Menéndez (42 años soltero)
Hijo único, vivía en casa de su madre que falleció dejándole dinero, la casa y tierras en la ladera de Valero.
Amelia (29 años soltera) Su amiga de siempre

Don Paulino (52 años) El alcalde del pueblo
Felisa (48 años) su mujer y
Dominga la hija de ambos (18 años novia de Mauro).

Casildo (39 años soltero) Un buen amigo.

Hermenegildo (40 años soltero) Otro buen amigo.

Don Agustín Fernández (70 años) El Medico y
Jacinta (38 años Su mujer).

Don Prudencio (75 años) El Sacerdote que se jubiló.
Don Silverio (28 años) El nuevo párroco.

Don Feliciano (60 años viudo) Maestro de escuela.
Urraca su hija (30 años solterona) a la que le importaba poco cuando y con quien.

Felipe (43 años carpintero) y
Facunda (35 años) su mujer.

Herminia (39 años viuda) Patrona del local bar y comestibles y
Mauro (19 años) su pícaro ayudante.

Teodomiro Iñiguez (55 años)
Hilaria (48 años su esposa) y
Antolina (24 años) hija de ambos que estudiaba derecho en la capital.
(Ricos terratenientes del campo charro, dueños de una dehesa que vivían en la lujosa casa de sus antepasados a las afueras del poblado).

1

"Toribio del Monte"

Corrían los primeros años cuarenta del pasado siglo, en un pueblecito de Castilla la Vieja, llamado "Toribio del Monte", ubicado en la sierra de *"Las Quilamas"* Provincia de "Salamanca".

La modesta aldea coronaba el *"Pico de la Sierpe"* a unos mil cuatrocientos metros y solo lo superaba en aquella zona, el *"Pico Cervero"* enclavado entre "Escurial de la sierra" y "Aldea nueva del Campo", y un poco más alejado, la famosa *"Peña de Francia"*.

En aquellos tiempos, el pueblo contaba con apenas doscientas almas.

Por su peculiar ubicación, el poblado carecía de los más fundamentales elementos básicos de modernidad, sin embargo, habían terminado por llevar la luz eléctrica, que cambiaría la mísera vida de sus vecinos.

Por otro lado, por estar entre las rocosas laderas de las *"Quilamas"* y al borde del precipicio que descendía en picado hasta "Valero", lamentablemente, no contaban con ningún medio de comunicación.

Tan solo una estrecha ruta empedrada, conducía malamente a "San Miguel de Valero", al cual llegaba el modesto coche de línea que pasaba todos los días. Este recorría "Linares de Riofrio", y las otras localidades del campo charro hasta la Capital.

La mayoría de las familias Toribienses, vivían del ganado caprino. El pastor del pueblo conducía el rebaño por las gradientes laderas, donde pastaban.

Los animales les proporcionaban la leche, y la que no consumían, la convertían en gustosos quesos.

También, algunas aves de corral les proveían con escasos huevos, y de vez en cuando algo de carne. Pero la mayoría del tiempo esta provenía del cerdo que cada familia engrasaba con remolacha y los moderados restos de comida. El cual terminaba sacrificado a la entrada del invierno con *"la Matanza"*.

Cada familia gozaba también de su propio huerto, donde con duras penas lograban plantar algunas patatas o zanahorias, para su autoconsumo.

Aunque modesto, el municipio contaba con su proprio médico, el Doctor Don Agustín que, a pesar de su avanzada edad, seguía practicando su crucial e imprescindible oficio.

"Don Prudencio " era el sacerdote que continuaba oficiando su misa dominical, y los sábados, confesando a gran número de feligreses de la parroquia.

Por otro lado, estaba Don Feliciano, que animaba la pequeña escuela.

Y obviamente, todos contaban con el señor alcalde, "Don Paulino".

"Toribio del Monte", gozaba con su imprescindible local de ocio, atendido por "Herminia" y su joven ayudante, el pícaro "Mauro".

El singular espacio hacía de taberna y de tienda de comestibles, pero se podía conseguir cualquier utensilio o herramienta para el hogar, y enviar o recoger una carta o un paquete de Correos.

Para el pueblo, la *"Casa Herminia"* era el punto de encuentro imprescindible, donde se daban cita por la tarde, y sobre todo los domingos, las mujeres que acudían a comprar algún alimento o artículo para el hogar, y los hombres que tan solo venían a tomarse algunos chatos o jugar una partida. Uno de los que nunca faltaba, era " Hipólito".

"Hipólito Menéndez" era un solterón de cuarenta y dos años, hijo único, que vivía en casa de su madre.

Ella había fallecido unos años atrás, dejándole de herencia cierta cantidad de dinero, la casa donde vivía y unas tierras en las laderas de "Valero".

También, tenía unas cabras, un cerdo, varias gallinas y el imprescindible asno, que guardaba en el corral cercano a la casa.

Pero desde hace mucho tiempo, había algo que no conseguía sacar de sus pensamientos.

Para él, se había convertido en una verdadera obsesión.

"Toribio del Monte", era el único pueblo de la comarca donde no había ningún viñedo.

Era una tierra sin vino.

Y para él, esa carencia no podía seguir faltando más tiempo. pero a ninguno de sus súbditos lugareños se le había ocurrido plantar una sola cepa, y menos aún, un viñedo.

Entonces, lo había decidido, se encargaría él.

No obstante, aunque sus intenciones eran estimables, le faltaba lo esencial, el conocimiento.

Y no tenía la intención de rebajarse a preguntar el procedimiento de elaboración o la forma de plantar y cuidar las cepas.

Tenía su dignidad, y además quería hacerlo a su manera, porque debía ser el mejor vino de la sierra.

Por eso, una mañana, apenas amanecía, ensilló su burro y emprendió el rocoso camino hasta San Miguel antes de que partiera el coche de línea.

Tres horas después, habiendo recorrido media provincia, llego a la capital, distante de unos sesenta kilómetros.

No era rutinario, ni mucho menos asiduo. La última vez que había ido a Salamanca hacía casi un año. Él tan solo iba en contadas ocasiones.

Se acordaba muy bien, porque acababa de terminar la guerra, y la ciudad estaba repleta de gente en uniforme.

Tuvo que venir a comprar una azada para cavar su huerto, ya que la anterior la había heredado de su abuelo, y ya no estaba en condiciones.

Esta vez venía a por libros, sobre vino, viñas y viñedos. Y aunque le costaba leer, porque solo frecuentó la escuela escasos años, se las apañaba como podía para descifrar y enterarse de lo que ponía.

Recorrió las mejores librerías y consiguió lo que quería.

Nada más regresar al pueblo, se metió en su alcoba y durante dos días salió solo para dar a comer a los animales.

En la aldea, los vecinos y los amigos lo echaron de menos, puesto que él que nunca obviaba la partida de dominós de las cinco, después de la ineludible siesta.

Al tercer día, ya había conseguido enterarse de cómo

preparar las tierras, que era lo fundamental para poder plantar sus cepas.

Y no sería lo más sencillo, el amplio terreno que había heredado se encontraba en la abrupta ladera de "Valero", y aunque varias parcelas estaban en bancales bien consolidados, otras había que montar los muros de piedra, lo que suponía un titánico y descomunal trabajo para él, porque debía ser su primera tarea.

Todo tenía que estar listo para el otoño que era la época adecuada de plantación.

Y aunque estábamos a principios de mayo, la tarea sería ardua y laboriosa para terminar a tiempo. Pero como dice el refrán:

"Nada es imposible para un corazón valiente"

2

"Bancales en la ladera de Valero"

Aunque a Hipólito, no le faltaba valentía, ni coraje, tuvo que contar con algunos amigos jornaleros, sobre todo para acarrear y colocar las pesadas piedras.
Dos de ellos fueron "Casildo" y "Hermenegildo", los dos solteros y cuarentones como él.
Estaban siempre dispuestos a lo que saliera porque no tenían tierras propias ni mucho menos ganado.
Y, además, como es costumbre en esas tierras, siempre iban en buenas condiciones: comidos y bebidos.
Tras las largas jornadas, después de cenar algún trozo de pan con tocino o chorizo, cuando lo había, solían

pasar a *"Casa Herminia"* a disfrutar un rato de descanso bien ganado, y tomarse unas jarras de vino.

Muchas veces les daban las dos de la madrugada, y recorrían las calles cantando jotas obscenas hasta llegar a casa, con una buena parranda.

Eso no los impedía estar a las siete de la mañana en casa de Hipólito a desayunar con una copa de aguardiente.

Después de preparar el almuerzo para los tres con lo que quedaba, que comerían luego sobre las diez, bajaban a la tarea.

Tenían que recoger y talar las lanchas y las piedras de granito en los alrededores, y acarrearlas como podían a mano, o con una vieja carretilla, hasta el pie del muro.

Después serían colocadas y asentadas hasta conseguir la altura adecuada.

Era un arduo trabajo muy agotador y fastidioso, sobre todo los días de calor, cuando el sofocante sol, aplastaba la abrupta ladera.

Sobre las dos, el esperado descanso de la comida les proporcionaba un buen merecido alivio.

Tras alimentarse, con unos garbanzos o unas judías con algún trozo de tocino, que Hipólito había puesto a cocer en un puchero al lado de un pequeño fuego, venía la esperada y merecida siesta.

Pasada una hora, que siempre parecía corta, emprendían el trabajo hasta la puesta del sol.

Una vez en casa, se cambiaba~~n~~ la camisa y su viejo y remendado pantalón de pana por otro un poco más decente, y se quitaban el polvo y el sudor de la cara chapuzándose la cabeza en la palangana.

Después de sacudir su indisociable boina, salía~~n~~ como de costumbre.

3

"La era"

Las conversaciones de los tres solteros eran casi siempre sobre lo mismo, "las mozas".
Era un tema de conversación constante, pero solo de hablar, sin embargo, raras veces habían podido conseguir *"llevarlas al huerto"*, que en caso de que ocurriera, habían tenido lugar sobre todo en verano.
Eran aquellas épocas cuando se separaban el grano de la paja del trigo y otros cereales con el trillo.
El trillo era un grueso tablero levantado en la parte delantera, en el cual se habían colocado piedras afiladas que cortaban las pajas, y que se arrastraba de manera circular con una o varias caballerías.

Casi todos tenían en la parte alta más llana, una parcela sembrada de cereales. Trigo, avena, cebada, pero también garbanzos lentejas o judías.

Todas ellas formaban el alimento de base para personas y animales, y en verano, era la principal actividad del pueblo.

Suponía una labor cansada y dificultosa, que curtía las pieles de los rostros, y también ruda para los animales que debían aguantar horas girando y arrastrando el pesado elemento, acribillados por las moscas.

Todo eso bajo el implacable y abrasador calor del sol de julio y agosto.

Hipólito, como los demás, participaba a la labor, porque generalmente, todos se ayudaban entre sí, para aprovechar los días adecuados, sobre todo cuando había que aventar, para separar el valioso grano de la paja.

Después, naturalmente, cada uno recogía el mero fruto de su cosecha.

Era casi siempre esos días cuando muchos y muchas, que acostumbraban a quedarse a dormir en la "era". Cuando, los más atrevidos aprovechaban la ocasión para intentar conquistar alguna moza de las pocas que se dejaban, apartándose de los demás para pasar un buen rato.

Hipólito, era uno de los más concurridos por las mujeres, incluso algunas casadas.

Con sus cuarenta y dos años, alto, esvelto, y de buen ver, no carecía de oportunidades, ya lo veremos más adelante.
Pero él, jamás quiso casarse, y no fue por falta de oportunidades.
Otra cosa eran sus dos amigos "Casildo" de treinta y nueve y "Hermenegildo" con cuarenta.
Ellos si se hubiesen casado, pero no tuvieron mera posibilidad.
A duras penas habían conseguido estrenarse con "Urraca" la solterona del pueblo, a la que le importaba poco cuando, y con quien.
Era hija de "Don Feliciano", el maestro del pueblo, con sesenta años y viudo desde los cincuenta.
Urraca nunca quiso estudiar, y a los quince su padre la metió con las monjas, pero tuvo una historia con un joven párroco, que venía de vez en cuando al convento a confesar, y las hermanas la echaron.
Desde entonces andaba a su aire, porque tampoco le gustaba trabajar, así que se conformaba con prepararle la cena a su padre alguna vez que otra.
Lo que, si apreciaba, y mucho, era la compañía de los hombres.
Y no desaprovechaba ninguna ocasión, todas eran buenas para darse a su placentero asunto favorito.
Durante el día recorría los campos y huertos, donde faenaban los lugareños en busca de alguna oportunidad para darse un revolcón.

Y raramente volvía a casa sin conseguirlo, aunque las casadas que la conocían, no la perdían de vista.

Todos y todas, sabían su adicción al vicio, y aunque varias veces la pillaron *"in fraganti"* con sus maridos, estas la echaban a pedradas, y él se llevaba una buena bronca.

Pero nada ni nadie consiguió cambiar su conducta, lo llevaba en la sangre, entonces solo el riguroso rechazo de los hombres y la siempre aguda vigilancia de sus esposas conseguían que esta marchara a colmar sus ganas con los solteros.

4

"Tamboril y Dulzaina"

Los sábados por la tarde, muchos hombres solían acudir al barbero, pero tenían que ir hasta "San Miguel", distante de doce kilómetros, porque "Toribio del Monte" carecía de él.

Algunos marchaban por su cuenta en sus caballerías, pero los que no tenían, lo hacían juntos en un carro movido por bueyes, mulas o asnos.

Ese medio de transporte servía para todo, pero únicamente en rutas o terrenos lo suficientemente llanos.

Para recorrer los caminos de la sierra, solo valía el asno, y a condición de que la ladera no fuese demasiado desnivelada, entonces tan solo el hombre podía a duras penas aventurarse.

Y por fin llegaba el domingo, ante todo, día del Señor. Lo digo porque, "Don Prudencio", el Sacerdote, con tan solo echar un vistazo, conseguía averiguar quien no asistía a su ceremonia dominical.

Y siempre les faltaban algunos hombres naturalmente, pero estos se la pagarían cuando volviesen a confesión.

Ya daban por contado, que les mandarían el doble de penitencia.

Pero el esperado domingo era también el día de descanso, para los hombres, y también los animales.

Ese día, todo el pueblo lucía sus mejores vestimentas y hasta algunas mujeres, sobre todo las solteras, se pintaban los labios, para pasear por la plaza.

Para "Herminia", y su joven ayudante "Mauro", que libraban los lunes para descansar, era el día más concurrido.

Su local estaba repleto todo el día, y por buen tiempo, sacaban algunas mesas a la calle bajo el toldo, porque dentro ya no cabían más.

En primavera o verano, casi siempre montaban un baile improvisado delante de *"Casa Herminia"*, que se situaba en la plaza.

El *"Alguacil"*, que era también tamborilero, y su primo, que tocaba como podía la *"dulzaina"*,

instrumento de viento muy conocido en España. Se lanzaban a tocar unas jotas castellanas conocidas por todos, y rápidamente la mayoría se ponían a bailar.
Sobre las diez de la noche, de repente la plaza y las calles se vaciaban, era la hora de cenar, y todos acudían hambrientos a sus hogares.
La mayoría de las veces, el ama de casa no había pasado el día guisando, entonces preparaba rápidamente una tortilla de patatas o algunos huevos con chorizo frito.
Después los hombres volvían a regresar a *"Casa Herminia"* a tomar unas jarras de vino y jugar algunas partidas que duraban hasta bien entrada la madrugada.
Solo quedaban algunos solteros que iban de ronda, a despertar a las mozas cantándoles bajo sus balcones hasta que estas salieran con un *"porrón"* o una bota de vino y unas rosquillas.

Lunes, otra semana comenzaba.
"Hipólito" ya estaba listo cuando llegaban sus dos amigos, y a la vez empleados. Después de tomarse su copa de aguardiente, invariablemente se exclamaban:
— ¡Joder, como te calienta el cuerpo!
Bajaban al corte y emprendían la labor.
Muchas noches, "Hipólito" no salía con los demás, se quedaba rendido, leyendo sus libros, cada vez con más frecuencia y empeño.

Ya había aprendido mucho sobre el tema, como hacer los hoyos, como plantar los tallos de viña, a que distancia tenían que quedar unas de otras, y también las diferentes variedades de uva.

Había ya apalabrado, con un *"vivero"* de las orillas del *"Tormes"*, la compra de la cantidad de tallos necesarios para sus bancales.

Sabía también que las primeras uvas no saldrían hasta pasado año y medio.

Y tenía pensado plantar la variedad *"Merlot"*, al contrario de los demás que, usaban dos variedades, *"el Tempranillo"* para el vino tinto y *"Airén"* de variedad blanca.

La suya era más cara, pero él quería lo mejor.

En esos tiempos, la gente, solo plantaba lo justo para el consumo del hogar, primeramente, porque disponían de escasas tierras, y la labor era demasiado para los hombres y sus mujeres que, a pesar de sus labores, también participaban en el trabajo del campo. Pero los días no daban para más, y a duras penas conseguían atender también a sus animales.

Tenían forzosamente que ordeñar las cabras cada día, y confeccionar los quesos.

El rudo y pesado trabajo a penas les permitía disfrutar de algunas horas de ocio. Tan solo los domingos y algún rato por la tarde o noche, que debían sacar al necesario sueño.

La mayoría era gente ruda y trabajadora, que no acostumbraba a quejarse por su pésima condición.

Y, además, no olvidemos que apenas acababa de terminar la guerra, esa contienda fratricida, que duró tres años y que dejó el país sin apenas recursos.

Esa guerra que, aunque los lugareños del pueblo solo la vivieron a través de la única radio, la que Don Agustín, el médico, sacaba a la ventana del comedor, por la tarde.

Medio pueblo acudía a escuchar las noticias del frente, provistos con sus sillas de paja tejida.

Por suerte, las familias del pueblo no tuvieron que lamentar ninguna baja. Y todos los mozos reclutados por el ejército volvieron a casa.

Para "Toribio del Monte" fue casi un milagro, porque fueron pocos los otros lugares que tuvieron la misma inestimable suerte.

5

"La Siega"

La siega era, sin lugar a duda, una actividad de las más penosas del año.
Tenía lugar a finales de julio o principios de agosto.
Todo se efectuaba manualmente, se segaban los cereales con la hoz. Y los haces se ataban a manojo, a continuación, se cargaban en carros para llevarlos a la era. Después, estos serían trillados y una vez la paja bien molida y los granos sueltos se "aventaban" tirando al aire la paja con las típicas orcas de madera para separar el grano.

Después este sería pasado por una *"criba"* para limpiarlo de las últimas pajas.
Y como hemos visto a la hora de trillar, aquí todos también participaban, porque el trabajo era duro y había que aprovechar los días de sol para que no se mojara en caso de lluvia.
Era realmente una labor y una colaboración de todos. Hombres, mujeres y, los jueves que no había escuela, los más jóvenes.
En aquellos tiempos, muchos niños faltaban a menudo a clase, y algunos ni pisaban su suelo.
Tenían que trabajar, ya fuera cuidando los animales o haciendo alguna labor del huerto.
No había otro remedio, las bocas para alimentar eran muchas y las manos faltaban, así que, quitando las familias más prósperas, que podían pagar algún jornalero, las demás tenían que apañarse sacando a los hijos mayores prematuramente de la escuela.
Pocos, por no decir ninguno lograba la oportunidad de continuar con los estudios.
Hipólito, tampoco tuvo esa opción, aunque supo aprovechar los consejos y las lecciones de su maestro de escuela de ese entonces.
Sabía contar, pero lo básico, y con respecto a leer y a escribir, lo hacía a duras penas, con mucha dificultad, pero lo necesario para poder seguir las lecciones de Don Aurelio.

6

Hipólito, que como ya conté, tenía mucho éxito con las mujeres, ya sean las solteras, que iban detrás de él buscando matrimonio, pero también alguna que otra casada, que no les importaba lo más mínimo saltarse las reglas del matrimonio, con tal de pasar un buen rato. Una de ellas que lo conseguía a menudo era "Jacinta" con sus treinta y ocho años, la joven esposa del Doctor Don Agustín Fernández.
El honorable anciano de setenta se había vuelto a casar, después de la muerte de su primera esposa, varios años antes de la guerra, y claro está, Hipólito la volvía loca.
Aunque por su rango y condición, "Jacinta" ~~que~~ vivía con su marido en unas de las mejores casas del pueblo, jamás carecía de ningún antojo o regalo,

Pero no le importaba lo más mínimo, darse un revolcón con "Hipólito" en algún pajar o en pleno monte. Para ella era casi una apreciada delicia que la sacaba de la rutina y la ponía eufórica.

Otra que también estaba loca por él, era "Facunda" la esposa de "Felipe" el carpintero, con sus treinta y cinco años, morena, alta, y siempre bien arreglada.

"Felipe" se ausentaba a menudo para ir a los pueblos de la comarca a obrar, y tenía que quedarse a pernoctar toda la semana, porque le era imposible regresar a casa cada noche.

"Facunda", entonces, podía con toda desenvoltura y facilidad visitar a "Hipólito" o invitarlo discretamente a su casa.

Una noche, que "Felipe" regresó de improviso, tuvo que saltar por la ventana y salir corriendo medio desnudo.

Esa vez se llevó el susto de su vida, pero no impidió volver a recobrar sus imperativos e ineludibles amoríos.

7

"Fiestas"

"Toribio del Monte", como muchos pueblos de España, celebraba sus fiestas el quince de agosto.
Duraban una semana, las actividades eran como en muchos pueblos de la provincia.
Procesión del Cristo, concursos de *"calva"*, juegos para los niños, vaquillas, y bailes populares en la plaza, y esta vez el *"Alguacil"* y su primo habían cedido el palco a alguna banda u orquesta de la región para amenizar las noches.
Los vecinos acostumbraban a participar a los gastos del evento, donando algo de dinero cuando podían,

porque los escasos recursos del municipio no daban para todo. De esa forma podían mejorar suficientemente los altos costos para la orquesta o las vaquillas. Casi todos los vecinos participaban gustosamente, dado que los momentos de diversión en el pueblo eran escasos y poco frecuentes.

Ya unos días antes, se empezaba a notar en los rostros de todos, un aire de gozo y euforia.

Después de tanto duro labor, era necesario tener esos momentos de alegría y felicidad.

Y desde el más pequeño al más anciano, todos participaban y disfrutaban de esas preciadas fechas tan esperadas.

El pueblo se llenaba de forasteros, gente de los lugares más cercanos, pero también familiares que venían de la capital, a visitar a sus mayores que permanecían en la aldea. Para las mujeres, no todo era diversión y fiesta, ya que tenían que acoger y mantener los numerosos huéspedes. Y muchas pasaban el día cocinando y preparando sus mejores platos.

En esas tierras, y no solamente en fiestas, cuando alguien venía a tu casa, lo primero era ofrecerle de comer y beber, fuese quien fuese, eran costumbres ancestrales que todos seguían.

"Hipólito", que no tenía ninguna familia cercana, pasaba esos días de invitado en casa de uno o de otro, pero después siempre llevaba los presentes, a tomar todo lo que quisieran a *"Casa Herminia"*, era su manera de demostrar su gratitud.

Pero, como inevitablemente, todo se acaba.
Los forasteros y familiares marchaban, a menudo con pena y algún llanto en los ojos, y la penosa rutina y ruda realidad volvía a recobrar vida.

8

"alfarería"

Quitando las fiestas, raras eran las distracciones o eventos en el pueblo, únicamente cuando escasas veces llegaba algún vendedor ambulante, con su mula cargada, las alforjas llenas de mantas, sábanas, y ropa de vestir.

También el esperado carro del Alfarero repleto de todo tipo de piezas de *"arcilla"*, que duraba poco tiempo, y que las mujeres debían sustituir.

Venía siempre con gran variedad de recipientes. Cántaros, pucheros, jarrones, botijos, y toda clase de cosas por el estilo para el hogar.

Descargaba su carro y expendía todas sus piezas en la plaza, después de haber pregonado por todo el pueblo su llegada. Otros que venían a menudo eran los vendedores de *"mimbre"*, desde la simple cesta hasta sillas y sillones, y un sin número de cosas insólitas.

Eran gitanos, que además atraían a la gente, amenizando con una trompeta o una guitarra, la espectacular y graciosa cabra, que subía los pasos de una escalerilla, y que siempre resultaba entretenido, sobre todo para los más pequeños.

Se me olvidaba el peculiar *"afilador"* que traía en su pequeña carreta, movida por un asno, su singular y aparatosa máquina con su piedra de afilar, movida por una pesada rueda que el afilador accionaba con un sencillo mecanismo del pie.

Y por unas *"perras"*, afilaba cuchillos, tijeras, hachas, y todo tipo de herramienta de corte que las amas de casa aportaban para que recuperaran su filo inicial.

Eran sencillos y elementales acontecimientos, pero daban cierta incidencia a los lugareños, que los hacían salir por unas horas de la rutinaria vida de cada día.

Y para las mujeres, un nuevo tema de conversación para algún tiempo.

9

"Hipólito" y sus dos compinches, habían avanzado la obra, y los bancales más importantes, ya estaban listos. Sólo les faltaban algunos más pequeños, que los terminarían "Casildo" y "Hermenegildo".
Él, iba a elaborar una ingeniosa estructura para el riego. En la parte superior del bancal principal, aforaba una fuente, y este iba a preparar unas acequias que llevarían el agua a todas las partes de su amplio terreno.
Unos meses más y llegaría el tiempo de plantar los tallos. "Hipólito" impaciente y ansioso, tachaba con ánimo, las semanas en su calendario.
Su sueño se iba a realizar, esta vez estaba seguro, pronto "Toribio del Monte" tendría vino. Mejor dicho, primero, viñas, porque tendrían que pasar casi dos años para poder catar el *"zumo"* o *"mosto"*, y después

bastante tiempo más hasta que fermentara y conseguir el preciado brebaje. Pero estaba satisfecho e ilusionado de haber emprendido esa labor que tanto le atormentaba.

Aunque le quedaba aún por preparar una inmensa cuba de hormigón, media enterrada en el fondo de su bodega, para depositar el mosto, y que pudiera fermentar. También tenía que comprar toneles de roble para depositar el vino que debía reposar un mínimo de año y medio en la cuba, ~~para~~ así conseguir un *"crianza"* y después otros seis meses en los toneles de roble.

Si querías un vino de mayor calidad, como el de *"reserva"*, tenías que dejarlo veinticuatro meses, en la cuba y otros doce en las barricas.

Los toneles solían ser la mayoría, de roble americano, pero también se confeccionaban con roble francés, mucho más costoso.

Tenía tiempo para adquirirlos, porque esa peculiar tarea no era de dos días. Llevaría tiempo y dedicación, eso ya lo sabía, lo principal para él era darle vino a esa tierra, a su *"querida tierra"*.

10

"Oroño en las Quilamas"

Apuntaba septiembre, y se aproximaba el otoño, las laderas y los montes se cubrían de fabulosos colores.
Toda la sierra estaba repleta de castaños, y nogales. Los aldeanos se apresuraban a recoger sus frutos con afán. Las que querían para el consumo suyo, las esparcían y las dejaban a secar en el desván. A menudo las castañas las asaban al fuego, otras las dejaban secar hasta convertirlas en durísimas *"castañas pilongas"*. Después de las primeras lluvias, también era el momento de recoger las setas, porque todo se

aprovechaba, unas se comían en pocos días y otras se secaban y se guardaban para el invierno.

"Hipólito" y sus dos compañeros "Casildo" y "Hermenegildo", ya habían terminado los muros de los bancales. Los tenía también contratados para la obra de la cuba, pero como no le corría prisa, se tomarían algún tiempo de descanso.
Se lo tenían bien ganado, y había llegado la hora de disfrutar con unas buenas borracheras.
Ahora se pasaban el día entero en *"Casa Herminia"*, jugando al dominó, y tomando a su antojo.
Otras veces marchaban a las fiestas de los pueblos de la sierra y no se les veía el pelo, durante una semana.
Luego volvían hechos polvo, habiendo dormido en los pajares.
A veces conseguían conquistar alguna moza poco difícil, y tenían ya conversación para tiempo.
Claro que para "Hipólito" no era nada especial, pero sus dos amigos se sentían como si les hubiese tocado la quiniela.
En esos tiempos, las mozas no se entregaban con facilidad, y muchas querían llegar vírgenes al matrimonio. Claramente tenía que ver con la rigurosa educación judeocristiana.
No obstante, había también mucha hipocresía y falsedad, la realidad era muy diferente, aunque nadie lo admitía a la luz del día.

Las cosas se hacían, pero casi siempre con astuto disimulo. Y de eso "Hipólito" sabía un montón.
No olvidemos que no existían los medios de diversión de hoy. En el pueblo había una única radio, la de "Don Agustín Fernández", el médico, que tenía la gentileza de compartir con todos los que quisieran. La televisión no existía aún y la gente tenía que pasar el tiempo como podía, y que mejor manera que la de formar binomio.
Alguna vez se veía, y sobre todo se oía llegar al lugar una carreta movida por una mula, un hombre que anunciaba a gritos.
— ¡Atención! ¡Atención! ¡Esta noche cine en "Toribio del Monte"!
¡Una fabulosa película titulada *A mí no me mire usted* de "Sáenz de Heredia"!
Sobre las once empezaba a llegar la gente, el hombre había plantado su viejo proyector de 35 milímetros, en medio de la plaza y tendido una sábana blanca sobre el muro de la iglesia, y todo el pueblo acudía al evento, con su silla de paja.
Después de pasar a cobrar con su sombrero en la mano, donde depositaba los escasos reales, empezaba la función.
Y con los días de fiesta era la única diversión para los lugareños.

11

"Lavadero"

En el pueblo todos se conocían, y nada pasaba desapercibido mucho tiempo.

Era el pasatiempo preferido de las mujeres, sobre todo cuando se juntaban en *"Casa Herminia"*, o en el lavadero justo al lado de la aldea donde brotaba una fuente. Los hombres, habían preparado una pequeña balsa donde las mujeres acudían a lavar la ropa, que luego extendían a secar sobre los arbustos de jara o de encina. Y había comentarios y cotorreos para todas y todos, unos verdaderos, otros falsos, pero todos animaban el chismorreo de las conversaciones.

Corrían ruidos, y afirmaciones de que "Mauro" el joven ayudante de "Herminia" de tan solo diecinueve años, tenía un lío con su patrona.

— ¡Dicen que se lo montan todos los días después de cerrar el local!

— A mí no me extrañaría nada, porque esa es una fresca, y le importa poco que sea un chaval.

— Pues claro, viuda y con tan solo treinta y nueve años, le debe cosquillear.

— A mí me han dicho que los han visto juntos de la mano en la Capital, y otra vez vieron salir el chaval por la puerta trasera del local a las cuatro de la madrugada, ¡así que tú me dirás!

— ¿Sí, y luego va de novio de la hija del alcalde, como
se llama la moza?

— ¡Dominga!

— ¡Si eso es! "¡Dominga"! ¡La pobre, lo que le espera si siguen juntos!

— Con tal que no se lo monte también con "Felisa" su madre. Don Paulino, el alcalde, el pobre lo tiene claro. Mira lo que pasó con el mozo de "Vitigudino".

Esos cotilleos, y muchos más corrían por el pueblo y animaban las conversaciones a diario.

Don Prudencio el sacerdote, es el que se enteraba de todo. Casi todos los vecinos del pueblo eran devotos, y acudían a confesión los sábados por la tarde.

Aunque se atenía al secreto de confesión, no podía por menos manifestar su desaprobación de una manera disimulada pero drástica. Sin nombrar a nadie, siempre incluía en sus sermones, indirectas, que todos sabían perfectamente a quien iban dirigidas.

Hubo también un año atrás una historia que dio que hablar. "Felisa" la mujer de "Don Paulino" el alcalde, se fugó con un joven jornalero de veinticinco años, de "Vitigudino".

El alcalde lo había contratado para una reforma de su casa, y cuando este se encontraba en el ayuntamiento, "Felisa" y "Gregorio", el chaval, se lo hacían en su casa. Pero, "Felisa" cautivada por el joven se dejó conquistar y terminaron marchándose del pueblo.

Nadie sabía dónde estaban, porque, aunque "Don Paulino" los buscó también en "Vitigudino", allí tampoco dio con ellos.

Fue solamente al cabo de tres meses, cuando esta apareció por casa.

Por más que "Don Paulino" le pedía explicaciones, ella no quiso contar lo más mínimo, se encerró en un completo mutismo, y nadie supo nada de lo ocurrido.

"Don Paulino", que era una buena persona, no le guardó rencor, pero las cotillas del pueblo se encargaron de difundir, los más completos acontecimientos con los exhaustivos detalles inventados o imaginados.

— ¡Has visto la "Felisa", con su aire de fiel devota!
— ¡Sí! Va de *"Dama"*, y vete a saber las guarrerías

que habrá hecho con el mozo de "Vitigudino".
— ¡Bueno, te las puedes imaginar!
— ¡Quién imaginaba que le gustaban tanto los hombres, hasta el punto de dejar tirado al pobre "Paulino"!
— ¡Está claro! ¡No te puedes fiar de nadie, ella era la primera que acudía a Misa o al Rosario! ¡Luego mira por donde sale la señora!
— Yo no sé, cómo "Paulino" no la ha puesto de patas en la calle, para mí es lo que tenía que haber hecho.
— ¡Sí, es verdad! El pobre hombre no se merece eso.
— Sobre todo, que me han dicho que después de fugarse, se cansó del mozo, y estuvo con otro, un casado por lo que he oído.
— ¡No me digas!
— ¡Pues sí bonita! Eso me han contado, y creo que era amigo del primero.
— No sé, cómo ha tenido la poca vergüenza, de presentarse otra vez en el pueblo, como si nada.
Tuvo que pasar largo tiempo más, para que las cosas volviesen a su cauce, y el pueblo recobrara su correcta y agradable quietud.

12

Pasaron dos meses, y nos encontrábamos ya al principio del invierno.
El frío no se notaba aún, sobre todo en aquel lugar, que gozaba por su preferencial ubicación, de un microclima.
Para "Hipólito" había llegado el momento de plantar sus tallos, y con la ayuda de sus dos jornaleros, empezaron a preparar los hoyos, donde irían ubicadas las cepas.
En una furgoneta, un empleado del *"vivero"* de Salamanca, les iba a traer sus esperados tallos de *"Merlot"*.
En pocos días todo estaba listo, plantado, y regado, ahora solo cabía esperar.
Bajo la estrecha vigilancia del jefe, "Casildo" y su colega "Hermenegildo" comenzarían la obra del

depósito donde echarían el mosto, para que comenzara su fermentación.

Como lo había previsto, este se ubicaría semi enterrado en el fondo de su bodega, donde beneficiaba de la necesaria temperatura ideal, tanto en verano como en invierno.

Para "Hipólito", tenía que resultar perfecto, el depósito de hormigón debía quedar completamente impermeable, y llevar en su parte alta un acceso que permitiera la entrada y salida de una persona, para la limpieza, y para poder introducir el jugo de las uvas.

Luego esta quedaría sellada con una puerta metálica provista de una junta de goma en todo su entorno y un candado.

Había también encargado, ya para más adelante, los toneles de roble americano para guardar el precioso brebaje con sus pertinentes asientos y todo el instrumental y dispositivos necesarios.

No había olvidado ningún detalle, las etiquetas de las botellas, además del nombre, llevarían el retrato de su pueblo, "Toribio del Monte".

Todos sus esfuerzos, no eran para él, mero negocio, solo quería darle a su tierra lo que le faltaba, el vino.

¡Sí! Esa apreciada poción que existe en España desde el siglo III ac. Así que ya era hora que por fin llegase a su pueblo.

13

El invierno, era también la época de la *"matanza"*, después de haber criado y engordado el cerdo, que pesaba ya al rededor de los noventa kilos, este sería sacrificado, y troceado en numerosas partes.
Cada una serviría para confeccionar distintos productos, que podían guardarse largo tiempo, a condición de haberlos preparado convenientemente.
Jamones, chorizos, salchichones, morzillas, tocino y demás partes de su anatomía, que se aprovechaban todas. Y en "Toribio del Monte", como en toda España rural, todos conocían el procedimiento ancestral, para guardar esos alimentos, cuando aun no existían las cámaras frías. Toda esa carne era conservada perfectamente, siendo sazonada convenientemente y secada al aire.

Podía durar todo un año, hasta la próxima *"matanza"*, sin ningún inconveniente.

Al igual que los demás trabajos, los vecinos se ayudaban mutuamente para elaborar rápidamente las carnes que no podían esperar mucho tiempo sin preparar. Se salaban los jamones, y se confeccionaban los chorizos o las morcillas, y se adobaban muchas otras partes, como las costillas y otras piezas que se consumirían crudas después de haberse secado convenientemente. Para muchos, era el momento de poder volver a comer carne, porque esta no abundaba, y la poca que podían comprar resultaba cara. También sería la ocasión de reunirse y festejar juntos preparando un buen asado, siempre acompañado de vino a su antojo.

Esa época daba al pueblo un aire de ebulición y de efervescencia, que todos esperaban con ansiedad.

Los momentos de festejar solían ser escasos en esos lugares casi cortados de la civilización, y cada ocasión era buena para distraerse y olvidar por unas horas el duro trabajo de cada día.

14

"Bancales de viña"

Pasó el invierno, y llegó la primavera, y con ella las primeras hojas y sarmientos, que componían los órganos de la viña.

Las cepas se llenaban cada día más, y para "Hipólito" era una maravilla, ver como la vida brotaba en todos sus bancales, que se cubrían de magníficas hojas verdes. Algunos días, se pasaba las horas contemplando su espléndido y fenomenal trabajo.

Lo había conseguido, bueno el vino todavía no, pero el viñedo estaba saliendo de tierra.

Y podía sentirse satisfecho, porque era el primero que se veía en "Toribio del Monte", y lo había logrado él, con su empeño e inigualable tesón.

Ahora "Hipólito" podía de nuevo tomarse un poco de respiro, y recobrar su otra afición, las mujeres.
Entre sus mejores amigos había también una moza que le gustaba, "Amelia", con sus veintinueve años.
Fueron amantes en varias ocasiones, pero la intención de "Hipólito" que no quería oír hablar de matrimonio, decepciono "Amelia", y terminaron quedando de amigos. Solían a menudo ir a las fiestas de los pueblos juntos con sus dos otros inseparables mozos "Casildo" y "Hermenegildo".
"Amelia" que no había renunciado a su amor de siempre, estaba decidida a conquistarlo de cualquier manera. Lo había intentado en numerosas ocasiones, pero él seguía despreciando sus intentos, aunque este no desdeñaba ninguna ocasión para llevársela a la cama, pero de matrimonio nada. A "Amelia", se la había ocurrido, que posiblemente dándole celos este reaccionaría y cambiaría su intención. Lo tenía ya planeado, habían quedado para ir a la fiesta de las fresas a "Linares de Riofrio" que se celebraban a principios de junio. Como siempre irían los cuatro inseparables amigos, y se quedarían en una pensión durante todos los días que duraría el evento.
Cada noche había baile en la plaza, y "Amelia", empezó a coquetear abiertamente con "Casildo".

No sabiendo el porqué de repente "Amelia" se interesaba por él, no tuvo el menor reparo seguirle el juego, de lo contento que estaba, que por fin una moza como ella le hiciese el menor caso.

"Hipólito" al principio no reaccionó, para el solo era bromas entre amigos y no prestó la mínima importancia.

No obstante, "Amelia" al ver que "Hipólito" no mostraba ningún recelo ni suspicacia, se lanzó al cuello del pobre "Casildo", que no supo que hacer, y lo besó en la boca delante de todos.

Esta vez sí que funcionó, "Hipólito" agarró "Casildo" por la solapa y estuvo a punto de darle un par de puñetazos.

— ¡Serás cabrón! ¡Y además delante de toda la gente!

¿Qué pretendes?

Saltó "Hipólito" enfurecido.

"Casildo" se quedó atónico, sin saber qué contestar.

— ¡Y tú "Amelia"! ¡No te da vergüenza darte a ver de esa manera! ¿Qué van a pensar de ti?

— ¡Bueno, basta ya! ¡Dejad de tonterías, sois como chavales! ¡Vamos a tomar algo al bar!

Dijo "Hermenegildo".

— ¡Sí, vamos! ¡Era una tontería! Solo una broma.

Contestó "Amelia".

Los cuatro fueron a tomar algunas cervezas al primer bar que vieron.

— ¿Venga, ahora a hacer las paces, joder parece

mentira, somos amigos o no?
Añadió "Hermenegildo".
"Hipólito", aunque todavía un poco gruñón, consintió darle un abrazo a su amigo "Casildo".
Y durante todo el tiempo que duró la fiesta "Hipólito" no se separó de "Amelia".
Al regresar al pueblo, todo estaba olvidado, los tres siguieron con la tarea del depósito en la bodega.
"Hipólito" prestaba ahora más atención a "Amelia", y se veían muy a menudo, pero, aunque ya no rechazaba la idea del matrimonio, tampoco se lanzaba a hablar en serio del tema.
A pesar de que empezaba a sentir algo más que amistad por ella, aún no había llegado, el momento de declararse.

15

"Iglesia del pueblo"

A mediados de junio, "Don Prudencio" el sacerdote que cumplía los setenta y cinco años se jubiló, y mandaron al pueblo un joven párroco para sustituirlo. "Don Silverio", con tan solo veintiocho años.
Para "Toribio del Monte" fue una pequeña revolución. De pronto la iglesia se llenaba todos los domingos, y las mujeres mozas o casadas, ninguna faltaba a confesión, únicamente para descubrir el nuevo joven y atractivo cura.
Y pronto empezó el habitual cotilleo entre las feligresas.
— ¡Has visto el nuevo cura! ¡Qué majo es!
— ¡Si, tan joven y guapo! ¡Qué pena que se haya

metido de sacerdote, con el buen ver que tiene!

— ¡Sí, también es verdad! ¡Yo no hubiese dicho que no!

— ¡Ala, Bernarda! Si estás casada y tienes casi los cincuenta.

— ¡Y qué! ¡A nadie le amarga un dulce!

— ¡También llevas razón! ¡Has visto cómo te mira, en confesión! ¡Parece que se está declarando!

— Es verdad que tiene una mirada, y unos ojos que dan la impresión de que se está insinuando.

— ¡No seas tonta! Es su forma de ser, no te lo vayas a tomar de otra manera!

— ¡A demás en tal caso, supongo que preferiría alguna más jovencita!

— ¡Bueno y tú qué sabes!

El chismorreo del nuevo párroco acababa solo de empezar, y daría que hablar y debatir para las mujeres que ya tenían tema de conversación por un tiempo.

Otro suceso que quedaría en las mentes de todos los vecinos de "Toribio del Monte", fue el que ocurriría unos días después.

Una tarde que "Hipólito" y su ya casi novia "Amelia", paseaban a la orilla del pueblo, por la empedrada y caótica carretera que llevaba a "San Miguel", se encontraron con dos forasteros, trajeados y un poco perdidos en aquel lugar.

— ¡Buenas tardes!

Alegó uno de ellos.

— ¡Muy buenas!

— Disculpen, venimos de "San Miguel", el chófer del coche de línea, nos dijo que no va más adelante, y que solo partirá a la capital mañana a las siete.

Cogimos la primera carretera que vimos, a ver si dábamos con algún pueblo donde se pudiera comer y quedarse a pasar la noche en alguna pensión. Pero no sabíamos que estaba tan lejos.

— ¿Y vienen andando desde allí?

— ¡Pues si! ¡Y con estos zapatos por este camino, ni les cuento!

— Tenían que haber bajado en linares, allí sí que hay bares y una pensión.

— Ya, pero no lo sabíamos, somos de "Madrid".

— ¿No tienen familia por aquí?

— ¡Qué va, nadie! Es la primera vez que venimos.

— ¡Pues les diré que en este pueblo no van a encontrar nada! ¡Bueno quizás en *"Casa Herminia"* podrán tomar algunas tapas!

— ¡No " Hipólito", hoy es lunes, es el día que libran! Contestó " Amelia".

— ¡Es verdad, tienes razón! Pues me temo que no van a conseguir nada, ni para comer ni para dormir.

— Y ustedes no conocen a alguien que pudiera albergarnos para esta noche.

— Es muy difícil, además sin conocerlos, me temo que nadie les va a atender, y además a estas horas.

— Sería pagando, por supuesto.

— Ya, pero como les digo, la gente de estos pueblos

son muy desconfiados, no suelen fiarse de desconocidos.

A "Hipólito" le daba lástima dejarlos solos, sobre todo que la noche se había echado encima, y los dos hombres habían recorrido los doce kilómetros andando desde "San Miguel".

Tenía que hacer algo para ayudarles, porque él era así, no iba a consentir dejarlos solos sin cena, y sin techo.

— Bueno, si les parece, vamos a hacer una cosa, van a venir a casa y no se preocupen, habrá algo de cenar y podrán también quedarse a dormir, la casa es grande.

¿Qué te parece, " Amelia"?

— ¡Si claro, donde van a ir a estas horas!

— ¡Muchísimas gracias! Son ustedes muy amables, les pagaremos lo que quieran.

— ¡No por favor! No se trata de dinero, están ustedes invitados, estas cosas pueden ocurrirle a cualquiera.

Los cuatro se acercaron a casa de " Hipólito" a escasos metros de allí.

— Siéntense a la mesa, supongo que tendrán sed, ya les traigo una jarra de vino. Ahora "Amelia", les va a preparar algo de cenar.

— ¿Les gustan las *"patatas meneadas"*? ¡Es una especialidad de por aquí!

Preguntó ella.

— ¡La verdad no las hemos comido nunca!

Contestaron los dos.

— Pero no se moleste, nosotros con cualquier cosa nos apañamos.

— Ya verán cómo les gustan, a " Amelia" le salen de maravilla.

Dijo "Hipólito".

Mientras la moza preparaba la cena, los tres, se relajaron con unos vasos de vino.

16

"patatas meneadas"

— ¡Por favor, pónganse cómodos! ¡Les voy a subir su maletín, al cuarto, si les parece!
Propuso " Amelia", agarrando el único equipaje que llevaban.
— ¡No! ¡Esto no se toca!
Contestó uno de ellos, un poco impulsivo, tirando fuertemente de él. Con el pequeño forcejeo, de repente el maletín se abrió y todo su contenido se expendió por el suelo.

Una multitud de joyas, collares, relojes y pulseras de oro, cayeron a la vista de todos.
"Amelia" e "Hipólito" se quedaron sin voz, nunca habían visto tantas maravillosas y valiosas joyas juntas.
¿Qué hacían en aquel equipaje?, ¿Y quiénes eran esas personas?
De pronto un estremecido asombro recorrió sus cuerpos.
Los dos hombres intentaron nerviosamente explicar lo ocurrido.

— Señorita, disculpe usted mi incorrecta reacción, somos joyeros de Madrid, y hemos venido a Salamanca para nuestros negocios. Y claro, somos empleados, y todo esto está bajo nuestra responsabilidad, supongo que lo entienden.

— ¡Si claro! Disculpen ustedes, no lo sabía.
Contestó "Amelia".

— Bueno pues todo está claro, no se preocupen, aquí nadie les va a quitar nada, pueden estar tranquilos.
Añadió "Hipólito".
Los cuatro cenaron casi sin decir media palabra, algo raro estaba ocurriendo. "Hipólito" y " Amelia", ya no estaban tranquilos.

— Bueno los señores tienen su cuarto listo, para cuando quieran acostarse.

— ¡Muchas gracias! Vamos a subir, porque mañana tendremos que volver a coger el autocar en "San Miguel", para "Salamanca" y luego regresar a Madrid.

— ¡Muy bien, que tengan buena noche!
Añadió "Hipólito".
Mientras " Amelia" recogía la mesa, "Hipólito" subió sin ruido al piso donde se hallaban las habitaciones, y se quedó un momento delante del cuarto de los huéspedes.
Aunque hablaban a voz baja, se oía todo perfectamente.
Uno de ellos estaba enfurecido, por lo que había pasado con las joyas.
— ¡Pero no te das cuenta de lo que has hecho! Vamos a acabar en la cárcel por tu culpa.
— ¡Qué va! Estos paletos no se han dado cuenta de nada, se han tragado nuestra historia, no te preocupes.
Para "Hipólito" estaba claro, eran unos delincuentes, y los habían metido en casa.
Bajó rápidamente a contarle todo a "Amelia".
— Tenemos que avisar la "Guardia Civil "cuanto antes.
Vamos a casa de "Don Paulino", el alcalde, en el ayuntamiento tienen un teléfono.
Mientras que los dos forasteros permanecían en su cuarto, "Hipólito" y "Amelia", salieron discretamente y llegaron a casa de "Don Paulino", que vivía justo encima del Ayuntamiento.
Tocaron a la puerta hasta que el alcalde por fin se despertó y bajó a abrirles.

17

— ¿Pero qué coño ocurre? ¿"Hipólito", No as visto la hora que es?
Inmediatamente los dos le explicaron la situación, y pasaron a la casa consistorial, llegando al despacho donde se encontraba uno de los dos teléfonos del pueblo, el otro pertenecía a " Don Agustín", el médico. "Don Paulino" pidió a la centralita que le pusieran con el cuartel de la *"Guardia Civil"* de "Linares", que era el más próximo.
Este le contó lo que ocurría, y de inmediato el sargento de guardia avisó a su superior, el cual se puso en contacto con la policía nacional de "Salamanca".
— Sí, son los dos que atracaron una joyería de la *"Plaza Mayor",* esta tarde, salieron corriendo por la *"Gran vía",* hasta la entrada de la ciudad, y allí se esfumaron.
Efectivamente, estos habían ido hasta las cocheras de *"San Isidro"* y tomado el primer coche de línea que salía, por lo visto era el que llegaba a *"San Miguel".*

— ¡Bueno, nosotros salimos para allá de inmediato! ¡Sargento! ¡Reúnan a todos los guardias disponibles, ¡En "Linares" y "Tamames" y vayan a detener a dos ladrones fugitivos que se encuentran en "Toribio del Monte"!
Contestó el inspector.
Inmediatamente todos los efectivos disponibles de la "Benemérita" Salieron a caballo hacia el lugar.

18

"Guardia Civil"

El señor alcalde e "Hipólito" esperaban los Guardias a la entrada del pueblo.
Allí dejaron sus caballos y penetraron en la aldea a pie, para no alertar a los dos maleantes.
Media docena de ellos, guiados por "Hipólito" se adentraron en su casa, y sin la menor dificultad, los detuvieron en la cama.
Un rato después, la policía los llevaría a la capital, donde ingresarían en prisión.

Para la pareja y los demás aldeanos de "Toribio del Monte", el inverosímil acontecimiento quedaría por mucho tiempo en sus memorias.

Ese espectacular suceso, había unido aún más si cabe, a "Amelia" e "Hipólito" que pasarían a ser ahora novios formales.

Para la circunstancia, "Hipólito" había invitado a todos sus amigos a una fiesta en *"Casa Herminia",* con tapas y bebidas ilimitadas, amenizada por los dos músicos locales el *"Alguacil"* y su primo.

"Amelia" estaba encantada, había conseguido conquistar el mozo, que tanto la traía de cabeza.

"Hipólito" iba por fin a reflexionar y pensar en el matrimonio, que demasiado tiempo había rechazado.

"Amelia" vivía sola en la casa familiar desde que sus padres habían fallecido, a pocos meses de intervalo antes de la guerra.

Su hermana mayor se había casado con un mozo del pintoresco pueblo leonés, *"El Puente de Domingo Flores",* que solo separaba de la provincia de Orense el río *"Sil"*. También se encontraba cercano a las famosas *"Médulas"* situadas en el conocido "Bierzo".

Después de casarse, esta marchó con su marido, que trabajaba en la extracción de la pizarra, y vivían desde entonces, en una preciosa casa del pueblo.

De vez en cuando, la pareja con sus dos hijas, venían a pasar unos días de vacaciones bien merecidas a la casa familiar de "Toribio del Monte".

19

Después de este singular hecho, el pueblo retomó poco a poco su rutina y habitual tranquilidad de siempre.
Los hombres al trabajo del campo, y las mujeres a sus labores e interminables cotilleos, bueno todo lo normal, como siempre.
"Amelia" estaba encantada, aunque todavía no estaban casados, está ya había traído todas sus cosas a casa de "Hipólito" y hacían vida juntos.
Como era de esperar, no faltarían las indignantes miradas de desaprobación de la gente, y hasta "Don Silverio" el nuevo joven párroco, aunque con mucho tacto y cautela, la diría su apuro y molestia en confesión.
No obstante, terminó por comprender que iban en serio, y que todo terminaría en boda, cuando "Amelia" le mostró el anillo de compromiso que le había regalado su novio.

Sí, algo increíble había ocurrido, "Hipólito" el determinado solterón, él que no quería ni oír hablar de matrimonio, le había pedido la mano.

Pasaban los meses, y la viña tomaba cada vez más fuerza. Los nudosos troncos habían crecido y se habían fortalecido, creando un gran número de pámpanos, que habría que tallar correctamente, dejando tan solo lo imprescindible para el año siguiente. "Hipólito" ya sabía perfectamente como hacerlo, y él solo, se encargó del largo y minucioso trabajo.
El viñedo tomaba forma, y sí él, estaba más que satisfecho, también los lugareños se sentían orgullosos de poder por fin presumir de un viñedo propio por primera vez.
Y cada uno a su manera le rendiría homenaje y agradecimiento.
Era efectivamente un orgullo para todos los vecinos, "Hipólito" les había devuelto la dignidad.
"Don Paulino", el alcalde, tenía la intención de honrar su espectacular labor, dando una fiesta el día que salieran los primeros racimos de uvas.
Y le homenajearía poniendo su nombre a una calle del pueblo.
Pero primero iba a ocurrir otra cosa más importante para él, y su novia.
¡Sí! Se iban a casar por todo lo alto, y el pueblo entero estaba invitado a las nupcias.

20

"Boda de "Amelia" e "Hipólito"

Dos de julio, había llegado el día, y la hora, para "Amelia" e "Hipólito" de casarse.
"Don Silverio", los iba a unir para siempre. Todo el pueblo acudió a la ceremonia religiosa, y muchos no pudieron entrar en la reducida Iglesia por falta de sitio.
Después todos acudieron a la plaza donde *"Herminia"* y su joven empleado habían sacado hasta las últimas mesas y sillas del local para que todos pudieran brindar por los recién casados.

Sería sin lugar a duda, el día más maravilloso de sus vidas, y un precioso y agradable recuerdo para todos.

También había acudido naturalmente, su familia de *"El Puente de Domingo Flores"*, y todos los amigos de los pueblos de la sierra.

No faltaba nadie, y el fastuoso y abundante banquete que siguió dejó repletos a todos.

Ya los había unido Dios, en justo matrimonio, con la bendición de "Don Silverio" y todo el pueblo.

Después del festejo, cada uno volvió a sus labores, empezaba julio, y la siega no tardaría en comenzar, con sus largos y fatigosos días de duro trabajo.

Y para los recién casados, el tiempo no les daría muchos días de luna de miel, ya que, como todos los demás, ahora llegaba el momento de ponerse a la tarea. Ya todos preparaban los numerosos artilugios y herramientas que iban a necesitar dentro de escasos días. Ahora tenían por delante otro intenso verano de calor y trabajo.

Pero era así la dura vida del campo, y además con la condición de que el clima fuese clemente con los sembrados y cultivos, porque en unas horas se podía perder el fruto de todo un año de duro trabajo.

El *"Solsticio de verano"* ya había sucedido el veintiuno de junio, y lo había hecho con una oleada de calor, así que, a partir del quince de julio todos los sembrados estaban listos para la cosecha, que se esperaba de bien augurio.

Y sin lugar a duda, lo sería.

Julio que había comenzado con las nupcias de "Hipólito y "Amelia", bajo un sol caldeado, pero sin exceso, seguiría acompañando las tareas de los hombres y animales durante toda la siega.

Aunque no les quitaba el penoso trabajo, este se haría más llevadero.

Como siempre, "Urraca" persistiría con su insaciable obsesión por el género masculino, y la época de la siega era sin duda la más oportuna para ella.

No solamente, porque para muchos mozos, y en particular "Casildo" y "Hermenegildo", y muchos más también les convenía, aunque algunos con más o con menos suerte.

"Hipólito", aunque como todos, no faltaba a la labor de la siega, tampoco le quitaba el ojo a su viñedo, que, aunque aún no había producido la más mínima uva, seguía su lento, pero seguro desarrollo y progreso.

También era verdad que este la mimaba con cariño, y no pasaba día sin que acudiera a quitar alguna mala hierba y dar un regadío a sus queridas y preciadas plantas.

21

"Los primeros racimos de uvas"

Otro año iba a pasar, sin mayores novedades en el pueblo, y por fin las parras de "Hipólito" darían las primeras uvas de *"Merlot"*.

Con inmenso placer y satisfacción, vendimiaría sus primeras uvas, y las llevaría a la plaza, con un letrero que ponía:

"Toribio del Monte ya tiene viñedo"

Todos los lugareños acudieron a admirar y contemplar los preciosos racimos, que luego degustaron con alegría y delectación.

Como prometido, "Don Paulino" el alcalde, cumpliría con su promesa.

"El alguacil" iba a difundir por todo el pueblo su decisión, adornado con su inseparable corneta que hacía sonar por todos los lugares de la aldea, seguido del siguiente pregón:

¡Por orden!
¡Del señor alcalde!
¡Se hace saber a todos los vecinos!
¡Que en agradecimiento!
¡A "Hipólito Menéndez!
¡Por su afán, pasión y empeño,
¡Toribio del Monte ya tiene viñedo!
¡Una fiesta le será dedicada
desde este jueves a domingo!
¡Y tendrá lugar en la plaza,
Donde todos los lugareños,
están invitados!
¡El domingo "Hipólito" será condecorado!
¡Con la medalla del mérito agrícola!
¡Y la "Calle mayor" se convertirá!
 en "Calle Hipólito Menéndez".

Innegablemente, "Hipólito" se sentía lleno de gratitud y consideración, por aquel espléndido homenaje de la parte del alcalde y de todo su querido pueblo.

Y los cuatro días de fiesta, decidido por "Don Paulino" y sus concejales por unanimidad, terminaron con la ~~con~~decoración y la dedicación de la mayor calle a su nombre, y eso colmaría su inesperado énfasis y afección de todos.

Aunque sabía que la mayoría del lugar lo apreciaba, por su siempre atención y disponibilidad a cualquiera ayuda, escucha o cortesía con cada uno de los vecinos, este merecido homenaje lo llenaría de honor y estima.

22

"El Pisado de uvas"

Al otoño siguiente, algunas hojas de las frondosas parras ya habían tomado un color castaño, y estas, repletas de racimos estaban listas para la vendimia.
"Hipólito" ya tenía todo preparado para su primera cosecha. Esta vez, no le había hecho falta contratar a nadie, porque todos los amigos y vecinos del pueblo lo iban a ayudar, los racimos serían cortados y subidos en cestas hasta el camino, donde las cargarían en los asnos y mulas, para llevarlos al corral de "Hipólito", lugar donde se situaba la bodega.

Al principio, hubo un poco de nerviosismo y temor, pero rápidamente la novedosa tarea se llevó a cabo con técnica y destreza. Lo más dificultoso, sin lugar a duda, era subir las pesadas cestas, hasta el camino donde esperaban las caballerías, pero todo se desarrolló sin inconvenientes ni mayor dificultad, los hombres se turnaban y todos participaban con gusto.
Ahora llegaría un momento más placentero, el de pisar las uvas.
Y para ese peculiar trabajo, no faltaron las mozas del pueblo, que, entre bailes y risas, conseguían extraer el preciado zumo. A continuación, este se iba vertiendo en la cuba de hormigón de la bodega.
En contados días, todo estaba terminado, y llegaría entonces el momento de festejar por todo lo alto, porque todos se lo tenían bien merecido.

" Don Paulino", mandó poner en la entrada del pueblo una inmensa pancarta.

Fue un sensacional evento, donde se demostraría a los visitantes de los pueblos de la comarca y más allá, la sensacional labor de "Hipólito Menéndez", que, por su pasión e inigualable perseverancia y empeño, lograría dar a su querido pueblo de la sierra esa bebida multimillonaria del que carecía su tierra.

A partir de ahora, ya nada sería igual, y pronto los lugareños harían lo suyo, ese acontecimiento tan particular que los llenaría de cierto vanidoso orgullo.

Que, si lo contamos todo, habían tenido que aguantar las risas y vergonzosas malas lenguas de muchos aldeanos de los pueblos de la *"Sierra de las Quilamas"* Eso ya había quedado atrás, a partir de ahora iban a ser como los demás, o tal vez mejores, por lo tanto, se acabaría el chismorreo, ya podían ir con la cabeza bien alta, y, además, competir con los demás sin ningún temor.

"Hipólito" había cosechado un poco más de mil litros, y su intención era producir la mitad en la categoría de *"crianza"*, dejando el vino veinticuatro meses en reposo y luego otros seis en toneles de roble.

La otra mitad en "reserva" donde el vino reposaría treinta y seis meses y luego doce más en toneles.

Claro, que no podría competir sobre todo en cantidad con los inmensos viñedos riojanos y menos aún franceses.

Pero esta era su primera cosecha, y además en sus reducidas parcelas.

Tampoco era su intención ni lo que deseaba, para él, lo más importante no era la cantidad sino la calidad. Y ante todo el mero hecho de darle por fin vino a su pueblo.

23

"Cueva de la Reina Quilama"

Como hablar de esas tierras, sin evocar la *"Leyenda de la Reina Quilama"*, que todos conocen.

Ese mito se cuenta desde antiguas generaciones, y se sitúa en esas intrincadas áreas de la provincia Salmantina. Remonta al principio del siglo V, durante el periodo de los *"Visigodos"*.

Cuentan que la *"Reina Quilama"*, que vivía en la cueva del mismo nombre, guardaba grandísimas cantidades de riquezas.

Y según decían, la mal nombrada reina, sería en realidad la amante del conde "Don Julián", padre de "Rodrigo" el último Rey Godo.

Esa cueva se encuentra ubicada en el pico de mismo nombre, y muy difícil de acceso.

Habiendo sido el refugio del rey Godo y su amante "Quilama",

Según la leyenda, "Rodrigo" se refugió en el castillo de "Valero" con su amada y el tesoro, y mandó construir varias salidas secretas en diversos puntos de la sierra, para poder huir en caso de ataque.

La cueva comunica con el pico del Castillo Viejo de Valero, y en su interior existen numerosos pasadizos y laberintos entre los cuales se encontraría disimulado el tesoro del rey Godo, "Alarico".

Se cuenta, que los pastores que conducen sus rebaños por aquellos lugares perciben a veces, risas y ruidos temerosos.

24

Dejando la leyenda de *"Quilama"* y alguna más que persisten por esos lugares tan peculiares, y difíciles de acceso, vamos a interesarnos por la verdadera historia que ocurriría a "Don Silverio" el joven párroco de tan solo veintiocho años.

Como lo recordamos, este sustituyó poco tiempo atrás al anciano sacerdote "Don Prudencio" que se jubiló ya enfermo, a sus setenta y cinco.

Desde su llegada al pueblo, el joven párroco, suscitó la curiosidad y la atención de todos, en particular las mozas. Por su reducida edad, evidentemente, pero también por su carisma y atractiva prestancia.

Para muchas mujeres, ir a confesión se había convertido en placentero y agradable momento.

Se confiaban abiertamente a él, inventando a veces faltas o pecados imaginarios, tan solo para oírle conversar con su voz suave y amena.

La mayoría de las mozas se habían enamorado del joven cura, que destacaba entre la gran parte de los brutos y groseros mozos del pueblo.

Sin embargo, "Don Silverio" que se daba cuenta del pequeño revuelo, hacía caso omiso de las insaciables y constantes insinuaciones.

Por cierto, una de las importantes familias de la que no he hablado aún, es la de "Don Teodomiro Iñiguez", cincuenta y cinco años, casado con Doña Hilaria de cuarenta y ocho, y de su única hija " Antolina " de veinticuatro, que cursaba derecho en la universidad de Salamanca. La familia "Iñiguez" vivía en la casa de sus antepasados que había hecho reformar completamente.

Esta se encontraba un poco a las afueras del poblado, y destacaba de la mayoría. Aunque la familia gozaba de abundante riqueza, dado que poseían una preciosa dehesa de toros de lidia cerca de "Pedrollén", y numerosas tierras, estos preferían la quietud del pueblo. De vez en cuando, los fines de semana y durante las vacaciones, "Antolina" acostumbraba a ir a visitar a sus padres a "Toribio del Monte".

Y justamente un sábado, se cruzó con el joven párroco en la plaza.

Para ella fue un flechazo cuando lo vio y lo saludó por primera vez. Y desde ese día ni comía ni dormía, pensando tan solo en él.

Desde entonces todos los fines de semana los pasaba en el pueblo, y cuando llegaron las vacaciones de verano, se vino a pasarlas en casa de sus padres, para estar cerca del hombre que la había cautivado con tan solo su mirada.

Pero no podía ser, era sacerdote, jamás lo conseguiría. No obstante, todas esas esperanzas, trotaban por su cabeza y la volvían loca, y, además, aunque esta se declarara, "Don Silverio", con toda seguridad, rechazaría esta verdadera insensatez.

"Antolina", aunque sabía que se encontraba delante de un muro infranqueable, no podía más, y no se iba a dar por vencida. Tenía que hablar con él, y declararle lo que sentía, aunque la rechazara.

Un sábado por la tarde en confesión, se quedó la última de las numerosas feligresas que habían acudido, y nerviosa y muerta de miedo se decidió por fin.

"Don Silverio", como de costumbre abrió la ventanilla del confesional.

Ahora solo la rejilla de madera los separaba.

— ¡Ave María Purísima!

Manifestó el párroco.

"Antolina" petrificada de miedo no contestó.

El joven sacerdote repitió sus palabras.

— ¡Ave María Purísima!

— ¡Perdone padre, es que no vengo a confesar!

— ¡Ah no! Hija ¿entonces dime, ¿qué deseas pues?

Contestó el sacerdote con su voz suave y apacible.

— ¡Bueno la verdad sí! ¡Tengo que confesarle algo!
— ¡Bueno, hija, pues te escucho!
"Antolina" de los nervios se puso a llorar
— ¿Por favor, qué te pasa hija mía? ¿Qué te ocurre?
— ¡Vera padre, estoy perdidamente enamorada!
— ¿Pero que sucede, el mozo no te hace caso?
— ¡No lo sé!
— ¿Pero has hablado con él?
— ¡No, él no sabe nada!
— ¡Entonces, tendrás que declararte, sino como se va a enterar!
Estas palabras le darían la fuerza que necesitaba.
— Silverio! ¡Estoy loca por ti!
— Al oír esas palabras, el joven sacerdote se quedó paralizado, no sabiendo que contestar, de repente, clausuró la ventanilla.
La joven en llantos se derrumbó sobre el banquillo de madera del reclinatorio.
"Don Silverio" al oír el golpe salió del confesional, y al ver "Antolina" desmayada, la cogió en brazos y la llevó hasta la sacristía, donde le dio inmediatamente un poco de agua con azúcar.
Esta reaccionó, y se incorporó rápidamente.
— ¿Bueno "Antolina", te encuentras mejor?
— ¡Sí padre sí, perdone mi atrevimiento!
— ¡No te preocupes!
¿Te encuentras en condiciones para volver a casa, o quieres que avise a tus padres?
— ¡No, muchas gracias, ya estoy bien!

Ese inesperado incidente dejaría al joven párroco un tanto perturbado y confuso.

Algo había ocurrido, aún no sabía qué, pero esa tarde lo marcaría profundamente y ~~lo~~ dejaría desorientado.

Para la chica, lo más difícil estaba hecho, ahora tendría que seguir insistiendo si quería lograr su propósito, y ella había percibido cierta confusión por parte de su querido "Silverio".

Como si de alguna manera por su actitud y conducta le hubiese correspondido.

Y efectivamente, no se había confundido, porque el joven párroco también sentía que algo extraño estaba ocurriendo, algo había sembrado la duda en su mente, y no conseguía rechazarlo.

25

"Universidad de Salamanca"

Las vacaciones de verano pasaron, y "Antolina" regresó a la universidad, pero no consiguió olvidarlo, todo lo contrario.

Casi todos los días le escribía una carta, cada vez con más atrevimiento e insinuación, pero no recibió ninguna respuesta de su ser querido.

Para ella era una verdadera tortura, no podía haberse confundido, no, era imposible, sabía perfectamente que él le había correspondido.

Lo había notado al instante, cuando esa tarde la cogió en sus brazos para llevarla a la sacristía, y después de darle de beber, y colocarle delicadamente con suave ternura sus cabellos esparcidos sobre su rostro.

Para "Don Silverio", sería un sin vivir, recibir cada día, esas cartas llenas de amor y dulzura de su primer amor de mujer. Él se había entregado cuerpo y alma al Señor, y jamás hubiese imaginado otro amor tan grande como el que había elegido durante todos esos años pasados en el *"Seminario de Linares"*, estudiando y alabando el padre celestial.

Pasaba noches y días atormentado.

— ¡Señor! ¿No me abandones? ¡Te lo suplico, dame la fuerza de resistir!

Pero en otros momentos la dulzura de "Antolina" le venía a la mente, y lo dejaba vacío sin la menor resistencia. Pasaron unas semanas, hasta que, por fin, el joven sacerdote contestara con una cortísima misiva.

"Antolina", tenemos que hablar seriamente.

¿Cuándo te viene bien que nos veamos en Salamanca?

Padre Silverio

"Antolina" que ya desesperaba, contestó citándole para el martes siguiente, a la salida de la Universidad. Como convenido "Don Silverio" estaría esperándola al final de sus cursos.

Nada más verlo, ella se dirigió hacia él, precipitadamente con una espléndida sonrisa en los labios.

— ¡Hola "Antolina"!

— ¡Qué bien que hayas venido Silverio!

— ¡Por favor, no te precipites! ¿Podemos ir a algún lugar tranquilo y discreto?

— ¡Sí claro, por supuesto, vamos a tomar algo!

"Antolina" radiante, casi eufórica llevó el padre "Silverio" a una cafetería, cerca de la Catedral.

Los dos se sentaron en las cómodas butacas del lugar, y permanecieron largos minutos en silencio, que tan solo el camarero vino a interrumpir.

— ¿Qué nos está pasando "Antolina"?

— ¡Nada malo "Silverio", nos hemos enamorado, y es todo!

— ¡Es todo! ¡Pero olvidas que soy sacerdote!

— No lo olvido "Silverio", no lo olvido, pero el amor no entiende de oficio.

— Lo mío no es un oficio, es un Sacerdocio, me debo ante todo, al Señor.

— Si "Silverio", al Señor, pero también al prójimo, a tus feligreses, y a la humanidad. ¿Y dónde me situó yo?

— Sí, tienes razón "Antolina", tienes toda la razón, únicamente intento encontrar la respuesta adecuada a nuestra situación. Pero yo también te quiero y me apetece estar contigo.

Al oír esas palabras "Antolina" no pudo detener su impulsión, lo agarró del cuello y los dos se besaron con ardor. Los dos enamorados por fin reunidos pasaron la noche en el apartamento de estudios de "Antolina".

Dos días después, este tuvo que regresar a "Toribio del Monte", para la confesión del sábado, y la misa del domingo. Pasaron unos cuantos meses viéndose cada vez que podían en Salamanca.

Una mañana "Don Silverio" recibió una carta que decía:

Silverio, lo siento mucho, tenemos que cortar, estoy con otro chico de la universidad, y esta vez vamos en serio.
Espero que no me guardes rencor.

Antolina

Para el joven párroco, esta noticia fue como un mazazo, jamás se la esperaba. ¿Cómo había podido perder todo? Después de haber caído en pecado, con la iglesia, ahora perdía también el amor de "Antolina". Después de lo ocurrido, tenía que poner orden en su mente, y decidió pedir audiencia al obispo de Salamanca para poner en su conocimiento toda la historia.

El solo podría decidir convenientemente, de su futuro y su porvenir. Unos días después recibió en el pueblo la noticia del Señor Obispo.

Obispado de Salamanca,

Después de haber estudiado con atención su caso este Obispado le comunica lo siguiente:
El sacerdote "Don Silverio" seguirá oficiando con toda normalidad, en "Toribio del Monte"

Excelentísimo Obispo Don Bonifacio

26

"Barriles de roble"

Ahora, el pueblo iba a retomar su paz y tranquilidad, "Don Silverio" recobraría su sacerdocio, con más empeño y dedicación que nunca. Las aguas habían vuelto a su cauce, para el bien de todos.

"Hipólito" impaciente esperaba con ansia que su vino de *"crianza"*, estuviera listo para pasarlo a los barriles de roble, ya tan solo le faltaría algunos meses, donde después tendría que permanecer otros seis en los toneles para afinarse y tomar el preciado gusto de la madera.

Mientras tanto, él lo mimaba como si fuese un hijo, catando el zumo de la cuba cada día, que ya había fermentado y se podía casi llamar vino.

El tiempo pasó y llegó el momento de traspasar la mitad de su vino a los toneles, este ya había reposado dos años en la cuba y lo había clarificado con claras de huevos que, al bajar, se llevaban los sedimentos no deseados al fondo.

Ahora le quedaría seis meses, hasta poder degustar su primera *"crianza"*.

Pasado este tiempo, el vino que se había terminado de clarificar en los toneles de roble se encontraba ya a punto para ser embotellado.

"Hipólito" ya tenía todo listo, las botellas, los corchos las etiquetas, y todo el instrumental para preparar y depositar las botellas listas para el consumo.

La otra mitad permanecería en la cuba, el tiempo necesario para elaborar un vino "reserva".

Lo había conseguido, con su insaciable y determinado empeño.

Nadie había puesto tanto interés y dedicación, para lograr lo que hasta ahora parecía imposible.

Todos esos días y noches pensando y soñando con la manera de darle vino a su querida tierra. Y ya era realidad, por su afán, voluntad y firme determinación.

Había conseguido un magnífico vino, decían varios expertos en cata de la provincia, que "Hipólito" había invitado.

Ahora llevaría todas las botellas necesarias a *"Casa Herminia"*, para que todos los vecinos degustaran por primera vez el vino de su pueblo, de su querido pueblo, *"Toribio del Monte"*.

"Hipólito" presentaría su vino en varios concursos de la comarca, donde se llevaría cada vez el primer premio. A continuación, lo llevo al *"Gran evento Vinícola Provincial"* que se celebraba cada año en Salamanca, y logró la medalla de plata detrás de un excepcional vino de *"Toro"*.

Todos esos logros y premios iban a sobrepasar y trascender sus esperanzas, para él, que tan solo quería dar vino a su tierra.

No solamente lo había conseguido, pero sería el mejor de toda la sierra de *"las Quilamas"*, ese pequeño trozo de tierra española que tanto quería.

Vino de "Toribio del monte"

FIN

Uno de mis poemas para los aficionados

Jardín de papel.

Ella regaba las flores de su jardín de papel,
mirando las golondrinas alineadas en el cordel.

Paseaba su melancolía por los pasillos sin fin,
donde los turbios cristales filtraban el sol de abril.

Miraba pasar las nubes como transcurría su vida,
con oscuros nubarrones y menguadas alegrías.
Cuantos días cuantas noches esperando su llegada,
pero el segador no oía su repetida plegaria.

La vida se le escurría sin poderla detener,
mientras su mente se aferraba a los recuerdos de ayer.

Entre esos muros cubiertos de llantos y de aflicción,
su cuerpo desfallecía sin aliviar el dolor.

Y daba ya por perdido su combate sin razón,
en ese asilo con nombre de Sagrado Corazón.

Texto de
jose miguel rodriguez calvo
septiembre 2018

Del mismo autor

Publicaciones en Castellano

— **Perdido**
  (Novela)
— **Tierra sin Vino**
  (Novela)
— **El tesoro caído del Cielo**
  (Novela)

Biografía:

Jose Miguel Rodriguez Calvo
Natural de «San Pedro de Rozados»
(Salamanca) España
Doble nacionalidad hispanofrancesa
Residencia: (Francia)

Du même auteur

En Français

— **Notre petite Maison dans la Prairie**
(Récit autobiographique)
— **Les dessous de Tchernobyl**
(Roman)
— **Le Piège**
(Roman)
— **Amitiés singulières**
(Amitiés Amour et Conséquences)
(Roman)
— **Nature**
(Récit)
— **La loi du talion**
(Roman)
— **Le trésor tombé du ciel**
(Román)
— **Prisonnier de mon livre**
(Récit)
— **Sombres soupçons**
(Roman)

Biographie :

*Jose Miguel Rodriguez Calvo
né à «San Pedro de Rozados»
Salamanca (Castille) Espagne
Double nationalité franco-espagnole
Résidence : France*

Jose miguel rodriguez calvo